# PHOEBE GILM

# Un merveilleux petit rien

Une adaptation à partir d'une légende folklorique juive

Texte français de

## Marie-Andrée Clermont

Scholastic Canada Ltd.

Édition publiée par Scholastic Canada Ltd., 123,
Newkirk Road, Richmond Hill (Ontario) Canada L4C 3G5.

10 9 8 7 6 5 4 3 2 1     Imprimé à Hong-Kong     2 3 4 5 6 7/9

**Données de catalogage avant publication (Canada)**

Gilman, Phoebe
  [Something from nothing. Français]
  Un merveilleux petit rien

Traduction de: Something from nothing.
ISBN 0-590-73074-6

I Titre. II. Titre: Something from nothing.
Français.

PS8563.I55S614 1992     jC813'.54     C92-093575-3
PZ23.G5Me 1992

À la mémoire de Irving Hirschhorn
notre oncle
dont nous nous souvenons avec amour.

Lorsque Joseph était bébé, son grand-papa lui avait fabriqué une merveilleuse couverture . . .

. . . pour le garder bien au chaud et pour chasser les mauvais rêves.

Au fil des jours, Joseph devient un petit garçon. Mais à mesure qu'il vieillit, la merveilleuse couverture vieillit, elle aussi.

— Joseph, lui dit un jour sa maman, regarde ta couverture, vois comme elle est usée, et tout effilochée! Il faudrait la jeter.

– Mais non, maman, grand-papa va pouvoir l'arranger.
Le grand-père de Joseph prend la couverture et la
retourne de tous bords, tous côtés.

Puis il se met à l'œuvre. Coup de ciseaux par-ci, coup de ciseaux par-là! Vole vole l'aiguille à travers le tissu.

– Hum, hum! dit-il enfin, il reste juste assez d'étoffe pour faire . . .

Un merveilleux manteau. Vite, Joseph enfile le merveilleux manteau et s'en va jouer dehors.

Mais à mesure que Joseph vieillit, le merveilleux manteau vieillit, lui aussi.

– Joseph, lui dit un jour sa maman, regarde ton manteau.
Il est bien trop serré, tu as l'air engoncé. Il faudrait le jeter!

– Mais non, maman, grand-papa va pouvoir l'arranger.
Le grand-père de Joseph prend le manteau et le retourne
de tous bords, tous côtés.

Puis il se met à l'œuvre. Coup de ciseaux par-ci, coup de ciseaux par-là! Vole vole l'aiguille à travers le tissu!

— Hum, hum! dit-il enfin. Il reste juste assez d'étoffe pour faire . . .

9

Une veste merveilleuse. Dès le lendemain, Joseph porte
fièrement sa veste merveilleuse pour aller à l'école.

Mais à mesure que Joseph vieillit, sa veste merveilleuse
vieillit, elle aussi.

– Joseph, lui dit un jour sa maman, regarde donc
ta veste. Tachée de confiture, et souillée de peinture.
Il faudrait la jeter.

— Mais non, maman, grand-papa va pouvoir l'arranger.

Le grand-père de Joseph prend la veste et la retourne de tous bords, tous côtés.

Puis il se met à l'œuvre. Coup de ciseaux par-ci, coup de ciseaux par-là! Vole vole l'aiguille à travers le tissu.

– Hum, hum! dit-il enfin. Il reste juste assez d'étoffe pour faire . . .

Une merveilleuse cravate. Et tous les vendredis, Joseph
met sa merveilleuse cravate pour aller chez ses
grands-parents.

Mais à mesure que Joseph vieillit, sa merveilleuse
cravate vieillit, elle aussi.

– Joseph, lui dit un jour sa maman, regarde ta cravate!
À tremper dans les nouilles, la voilà qui pendouille.
Il faudrait la jeter!

— Mais non, maman, grand-papa va pouvoir l'arranger.
Le grand-père de Joseph prend la cravate et la retourne
de tous bords, tous côtés.

Puis il se met à l'œuvre. Coup de ciseaux par-ci, coup de ciseaux par-là! Vole vole l'aiguille à travers le tissu.

–Hum, hum! dit-il enfin. Il reste juste assez d'étoffe pour faire . . .

Un merveilleux mouchoir. Joseph conserve sa collection de cailloux bien en sûreté dans son merveilleux mouchoir. Mais à mesure que Joseph vieillit, son merveilleux mouchoir vieillit, lui aussi.

– Joseph, lui dit un jour sa maman, regarde ton mouchoir! Il a bien triste mine, en fait, il tombe en ruine. IL FAUDRAIT LE JETER!

– Mais non, maman, grand-papa va pouvoir l'arranger.
Le grand-père de Joseph prend le mouchoir et le
retourne de tous bords, tous côtés.

Puis il se met à l'œuvre. Coup de ciseaux par-ci, coup de ciseaux par-là! Vole vole l'aiguille à travers le tissu.

– Hum, hum! dit-il enfin, il reste juste assez d'étoffe pour faire . . .

Un merveilleux bouton. Joseph fixe le merveilleux bouton à ses bretelles, et s'en sert pour soutenir son pantalon.

– Joseph, lui demande un jour sa maman, où donc est
ton bouton?

Joseph regarde ses bretelles : le bouton n'y est plus!

Il a beau chercher partout, c'est vraiment peine perdue.
Alors Joseph file chez son grand-père.

– Mon bouton! J'ai perdu mon merveilleux bouton!
Sa maman le suit en courant.

– Joseph, écoute-moi! Le bouton est perdu, disparu, fichu! Même grand-papa ne peut arranger ça. Il n'y a plus rien, RIEN DU TOUT!

– J'ai bien peur que ta mère n'ait raison, dit grand-papa en hochant la tête.

Le lendemain, Joseph se rend à l'école, s'installe à son pupitre, ouvre son encrier . . . et vole vole sa plume à travers le papier.

– Hum, hum! s'écrie-t-il alors, il reste juste assez d'étoffe, ici, pour faire . . .

Une merveilleuse histoire.